# パルティータの宙《そら》

福田淑子 歌集

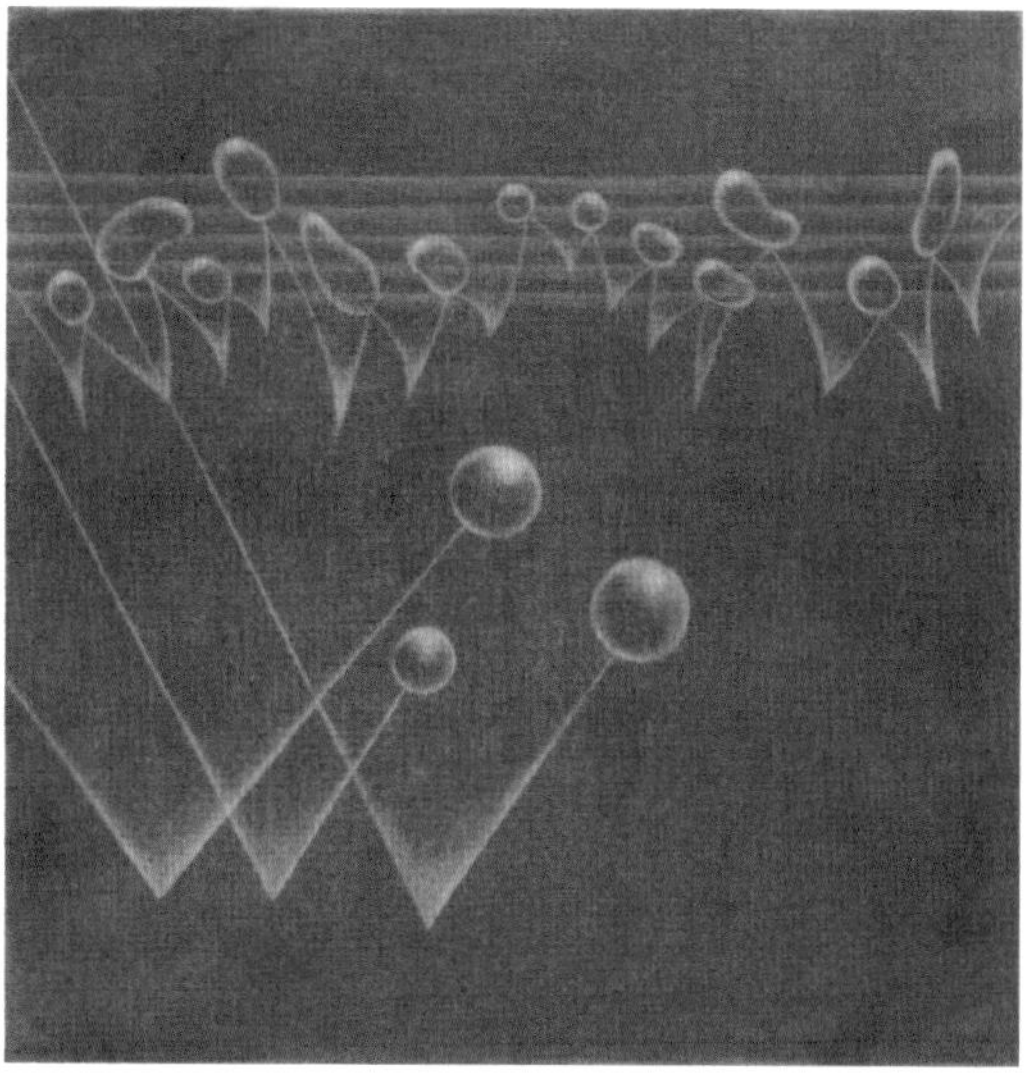

コールサック社

歌集　パルティータの宙《そら》

目次

## Ⅰ　パルティータの波

## II　ホーキングの魂

## Ⅳ 宙の片隅

歌集

# パルティータの宙《そら》

福田淑子

# I　パルティータの波

燃ゆる少女

薄暗き木の階段を降りるらし夢は数多《あまた》の過去の切れはし

思ひ出のはぎれを集め無難なるパッチワークに来し方を縫ふ

消滅を待つ命なりオリオンのベテルギウスは暗くなりゆく

御真影燃やす映像何を問ふ「やめろ！」と叫ぶ元兵士ゐて

「表現の不自由展」に憤る老いの心の御真影とは

原爆下燃ゆる少女の映像に元老兵士は何を思ふや

一億に守らるる命のあらばこそひとり死にゆく少女の無残

幼子は鬼面に怯え泣き叫ぶ漲る力節分の夜の

生くるものの命に軽重あるならば問ふあの世にも優劣あるや

あをじろき星を取り巻く氷の輪そを歩む夢目覚めてうつしみ

夜明けの夢

情報は人統《す》べるもの怯えつつ縮まりゆくか弱き心は

ポケットに青色のマスクを握りしめコロナ禍恐れぬ気概はぐくむ

薔薇熟れて葉月の風に揺れてゐる花弁くづれる予感を孕《はら》み

明け方の目覚めの前に切れ切れの捨てしつもりの過去現はるる

亡き人は未明の夢に集ひたり愛憎離れ皆なごみをり

手を伸ばし摑めばもはや覚醒す消えゆく夜明けの夢の切れ端

過去現世夢の記憶はつながりて時間はきつと円環してゐる

百日紅《さるすべり》永遠《とは》の眠りを破るかに花房天に高く突き上ぐ

八月の夕陽を映し紅《くれなゐ》の燃ゆる炎と化す百日紅《さるすべり》

## パルティータの波　――加賀乙彦特集に寄せて

目覚むればうつしみなるやわれは蝶幻の世の囚はれの夢

雨の中まばたきもせぬあを蛙　じつと見つむる少年の夏

亡き人も残されし人もないまぜに無伴奏パルティータの波が呑み込む

舞ひ上がり舞ひ落ちる葉の行く末は時を吹き抜く風の戯れ

縦横にひび割れし街火柱のごと高層のビルの夕焼け

争ひの絶えぬ地上のゆふやけの　うつくしすぎるわけ教へてよ

じんわりと夕陽は海に沈みゆき黙せしままに無念を葬る

亡き君の面影追へばひたむきな祈りに似たり大き三日月

煮えたぎるマグマの星の地の上にわれら　生死を繰り返しつつ

陽の光うつろひゆきて波の間の底ひにひそむ永遠《とは》なる都

十善戒

まだ若き君を送る日慈眼寺《じげんじ》の庭はそぼ降る雨に濡れをり

秋霖《しうりん》に煙る空気を切り裂くか惜しむ命に弔ひの鈴《りん》

若き死に彼岸此岸の揺らぎたり般若心経佳境に入りて

父親の広き背中の震へるを辛しと見つむ出棺の時

火葬場へ車は角を曲がりゆく弔笛《てうてき》長き余韻となりて

十善戒すべて破りてここにあり生き続くれば破戒も続く

不殺生《ふせつしやう》　日々の食卓にぎはせる豚・牛・鶏そして戦闘

不偸盗《ふちゆうたう》　サンゴの海も少年の未来も盗み平和を唱ふ

不邪淫《ふじやいん》　と法律盾に純愛をなじる「正義」の暴走止まらず

不悪口《ふあくこう》　とても無理です許されよ口に出さぬも心がつぶやく

不両舌《ふりやうぜつ》　揺れる気持ちがあれこれと形を変へる「本当のこと」

不慳貧《ふけんどん》　「馬鹿は死ななきや治らない」数十億人唱へる呪文

不瞋恚《ふしんに》ねえ…広目天も雷神も阿修羅も怒る世情やいかに

## 幼き背子の手

若くして逝きたる弟今もなほはにかむ幼のまま生きてをり

今生の暇乞ひなく逝きし君雨だれほどの声も遺さず

ためらひの心はありや命絶つ君の最期の呼吸を思ふ

怯《ひる》むなく強く生きよと叱咤《しった》すれば開きかけたる口を閉ざしぬ

年経れば薄れる罪もあるならん戻す術なきあの日の不覚

母と君の骨壺二つ並ぶれば囁《ささや》く声す「もういいよォ」と

悲しいと寂しいの語には収まらぬ誰《たれ》知らぬ思ひ腸《はらわた》に持つ

暮れなづむ空の向かうにべそをかく幼き背子《せこ》の手を引きし路地

首を傾げはにかみ笑ふ君のまま残されし姉の胸に住みをり

今もなほわれは姉なり姉といふ言葉はもはやうつろに響く

青みたるまどろみの中目覚むれば後ろ姿の搔き消えてゆく

惑星の適度な距離を保ちをれば手離すこともなかつたあの手

宇宙より光降りきて声がする「みいんなおいでダークマターへ」

天と地の間《あはひ》静かに風もなくただ花びらの降りしきる夜

## 先生の文

見知らぬ地見知らぬ人の手に引かれ上りゆく坂桜満開

下道に八重の桜の散り敷きて汽車が連れ来し異国と思ふ

知らぬ地に一人移りしわれを案じ毎月届きし先生の文

師の名前忘るることなし七歳のわれを支へし辻井久子先生

返事には元気ですと書きしわれつひに書かずに終はりしことば

母の便り途絶えてもなほ励ましの久子先生の手紙は届く

今生の無念のひとつ先生の音沙汰問はず再会かなはず

六十年過ぎて訪なふ記憶より小さく縮んでしまつた母校

限りなく零《ゼロ》に近づく漸近線ぎりぎりにまで曲折しゆく

## 縄文連綿

生き甲斐を問はれし不覚いつの間に生きて甲斐ありなしを語るや

君たちは人間のふりの上手きこと我はピテカン野生のままに

縄文の土偶を飾る展示場「ヴィーナス」と書くちぐはぐ日本

はらみたるまあるきはらと乳房の神々しくあり縄文土偶

ふっくらとどつしりと座す尻あれば縄文をみな美しきかな

食べることいつくしむこと葬《はふ》ることといのちの営み受け継ぎてあり

## 粥の一匙

九十九《つくも》まで生きたる人に一匙《ひとさじ》の粥《かゆ》を与へん赤子のごとく

眠ること食すことのみ残りたり終の眠りを迎へん義母《はは》は

一日の命を燃やす食ありてわれらは在りぬ粥の一匙

人の世の愁ひ遥かに遠ざかり眠れる義母《はは》は間《あはひ》を生きる

義母《はは》は今骨ばる身体を伸ばし切り湯浴み手伝ふ息子《こ》に身をまかす

背を曲げて息切れ切れに一匙の粥をいただく老いの荘厳

老いし義母《はは》眠れることの長くなり来世へ渡る橋を歩むや
今生の縁も昔も薄れゆき老いは別れをやすらかにせむ

回送列車

暗闇はドミノ倒しに迫りきて深き眠りに紛れ込みゆく

骸骨を埋《うづ》める夢より目覚むれば遠くで少女が殺されてゐる

あてもなく脱出したしいとほしき懐かしきひと振り切れる日は

飛び乗れば過去へ過去へとさかのぼるわが専用の回送列車

もういいよ頑張つたねと微笑みて手招く母は若き日のまま

いくつもの影重なりてたそがれはわれらと死者を融け合はせゆく

お先にとわれらだしぬき見下ろしぬ磊落《らいらく》なる笑み遺影に浮かべ

かたまりて朝日を浴ぶる南天の赤き実ちからのみなぎる真冬

ふつくらと盛り上がる泡珈琲の香りに満ちて朝《あした》が目覚む

## 惜命

宿痾《しゆくあ》持つ若き波郷《はきやう》の短冊の「惜命《しやくみやう》」とふ文字胸に棲みつく

五十六享年にして「惜命《しやくみやう》」を詠みたる俳人波郷の無念

幼子を遺す哀しみ句にしたり　ベッドにすがる子蟬しぐれの中

「惜しまず」と齢《よはひ》重ねし友の言ふ命果つるを待ちをる日々と

投薬も長寿を望むためならず日をやり過ぐす手立てと言ひぬ

われ知らぬ齢《よはひ》を生くる先達の心の内を推しはかりみる

遺しゆく未練もなきに永らへばひたにもの喰ふわれを憐れむ

晩夏来て夕暮れの風肩を撫づまためぐり逢ふ旨き秋刀魚と

生と死の背中合はせの日が暮るるわが神妙なるパラレルワールド

後の世に伝へたきこと多々あれど腹へりぬれば寝ることとせり

瞼《まぶた》閉づ明日は来《きた》るや目覚むるや　ダークマターの世界に入りぬ

あかときの藍のあさがほあさつゆのひかりのせをり一日《いちじつ》を咲く

## 野蛮な星

黒雲の流れて影は地を舐《な》める爆風の這ふ北の空より

防衛とまことしやかな名のもとに増やし続ける殺人兵器

生き物に優劣基準を置くならば野蛮の一位はにんげんだらう

$E=mc^2$を置き土産アインシュタインいかに思ふや地上の惨禍を

原爆の犇《ひし》めき兵器あふるるも地球は青くうるはしき星

宇宙にはかくも野蛮な星のあり　地球探査の異星人告ぐ

重力に解き放たれて離陸せん地球滞在あと僅《わづ》かわれ

現身の我を待ちたる長き闇生《あ》るる以前の闇に戻らむ

逝きしのち変はらず時は流れをり桜花咲き星降る夜空

## 酔芙蓉

大方の七十二歳は鬼門なり円楽師匠の訃報を聞きぬ

人の世を半ば諦らめ美酒に酔ふ　余生を泳ぐ我七十余歳

忘るるが救ひと思ふ忘れたき言の葉いくつかふと浮かびきて

初夏の陽に欅《けやき》きらきら翻り初心といふを思ひ出させる

喧騒も灯りも消えて星空に宇宙の力漲《みなぎ》る時間

一日を白から始め少しづつ紅きに変はり散る花の名は

朝焼けを映して僅《わづ》か紅さすも木に満開の純白の花
一日の陽光を浴び夕べにはくれなゐ色に散る酔芙蓉《すいふよう》

# II　ホーキングの魂

鬼たちの影

寂しさを漂はせ君の去り際に草のかをりの秋風立ちぬ

灯《ともしび》のぽつりぽつりと点《とも》る頃路地に増えゆく鬼たちの影

黄昏《たそがれ》に家の灯りがまたひとつ点《つ》きて深まる闇を歩みぬ

悲しみを語ることばは発熱し唐突にくる濃ゆき沈黙

寄り添ふよと容易《たやす》く言へど何方もただ漂つてゐるだけのこと

肝心な問の答えはＮＯのままそ知らぬふりに時は過ぎゆく

晩秋の闇はいきなり落ちてきて先行く影を見失ひたり

夕闇に紛れて影は深くなり佇むわれは霧雨となる

寂しさをそれでも手放す気はないよナルシシズムや強がりでなく

## 百年の恋

高知の牧野植物園にて　三首

いにしへの稲穂に似たる竹の花つつましやかに華やぎてをり

竹林冬日に淡き花をつけ植物園は百年の恋

光る筒に月より落ちし姫を抱き開花してのち朽ちゆく真竹

薄《うす》ら氷《ひ》の張りたるやうな冬空を滑りて彼方に消えゆく機影

枝先は白くふふみて空を這ふ冬の終はりを告ぐる桜木

冷え冷えと大地は凍る春なれど遅れし花も開き始める

宵闇を抜き手で泳げば樹の香り土の匂ひは肌に入りくる

泥あそび満面破顔のうつくしき　物なき頃の子らはまだゐる

かくあらば孤独もいいよとひとりごち夜空の星を独り占めせり

君のゐる空

飾り棚に偲ぶよすがの増えゆきて遺影遺作に思ひ出すこと

われもまた鬼籍へ向かふを覚悟して見上ぐる空はどこまでも青

みはるかす果ての果てまでムラのなき青一色に晴れ上がる空

寒風に翻る葉の間《あはひ》より小さき紅薔薇現はれ隠る

忙しなく動く少女の白き杖介助を拒みて道を探しぬ

君のゐる空に向かひて白椿投げれば空は僅《わづ》かにうねる

二千年樹齢梢のその先に悠久といふ名の底抜けの青
月の夜は光粒子の降り注ぎわれを空へとはつか釣り上ぐ
目覚むれば今見し夢を見失ふわれと親しく語れる君を

お節句の七段雛に目もくれず虎にまたがる幼女の颯爽《さっさう》

大盛りのお刺身あれよと平らげてピラニア至極の幼女《をさな》よやるね

花散らしの雨

白き花手折りてそつと乗せくれしそのときめきの名残押し花

花吹雪黒き水面《みなも》に広ごるは出撃前夜の特攻兵の遺書

闇くもに沖に向かつて泳ぎゆく青年誰も戻つてこない

人影のなき公園が華やぎぬ鳥のさへづり花散らしの雨

眠りから覚める兆しの百面相うぶ毛を撫づる春風の吹く

蛙《かはづ》鳴く遥けき昔　影を引き父と歩めり輪唱しつつ

様々な祈りをこめて黙々と創り続くるサグラダ・ファミリア

水中に咲く花

重力に解き放たれてゆうらりと水中に咲く花もあるらし

静もれる水底のごとひと気なき街を歩めば青葉目に沁む

叢《くさむら》を転がるからだ引力に摑まれ確《しか》と抱《いだ》かれてゐる

絶え間なく命は鼓動す終焉を迎へる星の瞬《またた》きに似て

梅雨の間の粘性の風に揺蕩《たゆた》へば我はいつしか水に棲みをり

風前の灯のごと揺らぎをり衛星画像の小《ち》さき国々

いいやうに書き換へられて揺らぎたり記憶の中の事実といふは

これ以上望めぬかたち千両の実のかたまりてひとつ朱の色

赤き実が枝よりぽとり落ちてきてたましひひとつ昇天しゆく

キリコの少女

真つ白な長袖シャツにサングラス酷暑の夏を跳ね返し行く

八月の百日紅《さるすべり》の木は燃えてをり螺旋に渦巻く蟬の鳴き声

あの角を曲がればわれを脅かすおとうとのゐるあの時の道

盛り場の真夏真昼間人は消えキリコの少女の影が深まる

どんよりと澱みし街を泳ぐ眼に映り込む濃き藍の朝顔

褐色の果肉となりし青りんご野菜庫に住む時間を喰らふ

宙に浮く地球の姿を象《かたど》りて虹消えるまで丸《まあ》く歩く

蟬しぐれ骨まで届く夕まぐれ時空を超えるトンネルがあく

雨多き夏の終はりの蟬の声いつにも増して響きわたれり

あふむけの蟬の死骸をまたぎつつ今年の夏も過去帳に入る

性懲りもなく辛きこと降りやまず傘を放りて捨て身で泳ぐ

杖に依り歩む老爺の皮膚薄く細き腕《かひな》に骨動く見ゆ

その時はわれと成仏できるやらチタン合金わが股関節

颱風一過

川べりを蟬鳴く声の降りしきる夏の終はりを告ぐる確かさ

「まだ経験したことのない台風がくる」エイリアンのごと気象庁言ふ

橋も落ちトマトも車も転がりて空は晴天颱風《たいふう》一過

大陸の切れ端蛇腹の付加体の日本列島を襲ふか颱風

朝まだき雨颱風の去りし道老爺はひとり落ち葉掃きをり

嵐去りくれなゐ匂ふ芙蓉《ふよう》花は朝日の中をなにごともなく

露をのせ月の光を宿したる草生《お》ふる野に分け入りて　道

木の叫び

街にゐて悠久の森抱きをり鳥鳴き風に揺れる草花

生存の戦略みなぎる森の中木々を枯らしてつる草のびゆく

森の中切り倒されし木の叫び空に向かひてああと聴こゆる

男でも女でもいいではないか色変化《へんげ》して酔芙蓉《すいふよう》咲く

イブの子は何処《いづこ》に向かふアフリカを十六万年前に出でしも

火星にも森と大気を作らんと送り込まれるＡＩロボット

十五年後火星に移住を試みん未来明るき科学者の夢
歌うたふアンドロイドもわれわれも挙句《あげく》はオシャカとなるのでござる

## 樹液の香り

廃線のレールは草に埋もれをり時空に轟《とどろ》く潮騒の音

花につく虫を捕る手がふと止まり虫の高さが我の目になる

霜月の風を絡めて流れくる遥かな時代の樹液の香り

こんな日は紅茶の碗に満ち足りぬやさしく風が渡る霜月

音もなく通りゆくらし神の旅窓辺の木々が微かに揺れて

青を伏せ一面空は鱗雲逆さまとなる重力感覚

冬日の幽けさ

羊蹄山《やうていざん》かげは闇に紛れたり麓《ふもと》の街の灯りまたたく

おつとりと牛舎にまぐさを食みし牛今わが胃袋に収まりてゐる

今日一日持ち堪《こた》へし身を慈しむ真冬の真夜のほどよき湯加減

朝の卓に洞爺《とうや》の森の風立ちぬ野葡萄の絵のパステルブルー

陽光が冷たき朝を射し抜きて長き人影駅へと急ぐ

裏道をひそり歩める隣人を追ひ抜けぬまま駅まで来たり

精悍《せいかん》な鴉とまりて春を待つ桜の枝は玉座となりぬ

都心にも大雪の降り歩む人譲り合ひつつ穏やかになる

盛り雪は次第に固き壁になり寒さ身に沁む冬日の幽《かそ》けさ

## ホーキングの魂

いつしかと待ち人のごと枝垂《しだ》れ梅ピンクに揺れて春を連れ来る

梅の香の濃く流れきて鳥の声眼《まなこ》閉づれば春深くなる

電線に九羽の雀かしましくさへづる端にぽつりと一羽

今日一日テレビラジオの声聞かず葉擦れさやけく風光る夕

楽団と指揮者は一つの音と化しスラブ舞曲はわれを飲み込む

霙《みぞれ》降り湯につかりたる身体はサーモグラフィ様に温まりゆく

ホーキングの魂つひに飛び立ちぬいづこの星に移住したるや

空間に裂け目を入れるその刹那火花散りたり極彩色の

死神の気配

木瓜《ぼけ》の花とぼけて咲けば花吹雪おいてけぼりの初夏の庭

ほんの少し許せないこと膨らみてふくらみてゆく真夏へ向かふ

覚えなき景色はふいに浮かびくるわれは遥かな星より来たる

ほどけゆく時間の闇がふくらみてわれを連れ行く世界の果てへ

死神《タナトス》の気配はふいに迫りきて傍らにをり手持ち無沙汰に

闘病の友危ふしと伝へられ覚悟といふは空しくなりぬ

探査機の林立したる月面に昇り行くなり召されし人も

## ヴィーナスの炎

整地され立葵《たちあふひ》の群れ抜かれをり空は八月あの夏の色

洪水の地をぼろぼろの羽広げ右往左往する聖大天使《ガブリエル》

葡萄食む一粒一粒千切りつつ危ふきことを数へてゐたり

ヴィーナスの炎夜空に輝きて地球の孤独はしばし癒さる

ヴィーナスに寄り添ふごとく音のなき未明の空に半輪の月

生まれ出づる以前よりある天体の光を受けて独りを満たす

終曲

秋空にわが友逝きて見送れば夕闇色濃く垂れこめてをり

遥かなる宇宙時間に身を浸す二つ違ひの知己の訃報に

枯れ色の紫陽花夕日に晒されて黄金《こがね》を放ちやがて翳《かげ》りぬ

同窓会煩はしさも消え果てて長く生きれば誰もが戦友

葡萄生《お》ふ樹間の風に揺れながら果肉まあるく種子を包めり

白壁をむらさき黄色あかに染め蔦の葉風と奏でる終曲

晩秋の光微粒子ちらばりて木々は畢《を》はりの輝き放つ

紅葉を見上げる彼方のあをぞらに戦火の上がる砂漠を思ふ

街なかに微か漂ふ死の匂ひ行き交ふ人の影は淡くて

## 赤い実

幼き日世界は玻璃《ガラス》の赤い実のブローチひとつで時は充ちたり

終焉は回る時計の針のごと追ひかけてをり追ひ越してゆく

チクタクと消失までを刻みたる時限爆弾抱へて眠る

宵闇の空の深さが分からない三日月・金星・フライトランプ

全宇宙闇となる日のあらむとやひとまづ今日は無事に目覚むる

# Ⅲ　無心の時間

## 無心の時間

疫病に真向かふ医師らの極限の無心の営みただ見守りてをり

六時半定位置空に月昇るウイルス検査陰性の宵

疫病はいづくの世にも現はれん生死の境にしづもれる街

非常時と巣ごもるごとく蟄居せり俊寛《しゆんくわん》の歌口にふふみて

甘やかに夜を彩る薔薇族よ油断なきやう曲者《くせもの》のゐる

ゲンキダヨー電文のごとお互ひの様子確かめ凌ぐ「アラート」

手洗ふをところどころに織り込みて料理をしたる幼のままごと

境内で手を清めるは禁止とや花の手水に目を洗はれる

店先をシールドすればカラフルな色で呼び込む夏野菜たち

軽ワゴン住宅地の角曲がりたりいつも通りに夕暮れの風

神妙に子は茶筅《ちゃせん》振る柔らかな緑泡立つ無心の時間

秋風の辞　――竹内常一先生の死を悼む

秋風の立ちたる夕の薄靄《うすもや》に追ひし師の背の影のゆらめく

またひとり恩師失ふ初時雨纏《まつ》はりつけばデキシーを聴く

教育の行くへを見据ゑ憂ひつつ師は八十五にして天寿

墨汁をみづに垂らせば薄もやに広ごる色のただに愛しく

儚《はかな》きは命なりけり風に舞ふ病葉を追ふ空は夕焼け

枯れあぢさゐてらひおごりも脱ぎ捨ててカサカサかろやか風に揺れをり

夢の影消えゆく間際を手繰り寄す目覚めてあとにのこるうつしみ

## 孤空間にて　――浅山隆信君を偲ぶ

同僚が不通をいぶかり尋ぬればすでに息なく二日経しとぞ

缶ビール残ししままに息絶えぬ無念なりしや至福なりしや

命尽く　成仏せしやＴＶ音読経のごとく流れ続けて

新品の電動自転車遺されん舌癌手術後君の足なる

高官の父を振り切り「高卒の独り居」つらぬく　享年七十

霧雨の匂ひを纏《まと》ふまばらなる参列者にて通夜が始まる

恐るるなかれ

夕闇をこがねに照らす大公孫樹《おほいちやう》下ゆく人影光をまとふ

飄々と死もまた自然と言ひきかせ吹きつさらしの風冬の海

ペストにてベニスに死すればマーラーのアダージョの曲に溶け込む

それほどに恐るるなかれコロナ禍も季節通りの冬枯れの道

ふんはりと包む冬日はやはらかく儚《はかな》く消えて宵闇となる

ゆつくりとぬるき蕎麦湯がのど元を通るコロナ禍年越しの夜

冬未明コロナ禍東京トラックとコンテナひしめく環状七号

ひとめぐり命を終へて恙《つつが》なく赤き柿の葉はらりと離る

晴れあがる冬空玻璃の光帯ぶ終末期ケアの友を見舞ひて

春の水

春の水流るる川に人あふれ外出自粛の週末うらら

幼きがボールを転がし駆けまはる公園内ののどかな午睡

蓮枯れの不忍池人もなし静かに春の水を湛へて

蕗のスヂ剝きつつ思ふ凍ては溶け浸みて大地を潤す水を

山梨県立美術館ミレー館にて　三首

羊飼ひと羊の顔を描き込みバルビゾン派の森は深まる

一日の草食み尽くし夕暮れを追はれるがまま群なす羊

空と木々描きて暮らす画家の目にいかに映るやわが相貌は

福島の春

あはあはと遠目に山の桜見ゆ常磐線を北上しつつ

うす墨のにじむかに咲く山桜　山また山の車窓をよぎる

菖蒲《しやうぶ》の葉投げるなとあり女湯の煙る岩風呂みぞれ降りしく

原子炉の建屋はいまも鉄骨を露《あら》はに晒《さら》し十年余が過ぐ

神様に聞いてごらんよこの世には絶対安全剃刀はない

「ドチラカラ」「トウキヤウカラ」に福島の子が「コハイヨ」と飛びのくコロナ禍

被害者も加害者もまた両刃なり白き雲湧く福島の春

水田に雲流れゆくみちのくの春は乾坤《けんこん》ひとつとなりぬ

晩春の梢広げる山の木の命の長きを眺めてゐたり

躑躅《つつじ》咲く岩風呂にひとり身を沈む天より賜る憂ひなき日を

沖縄の日

赤き屋根ハブの出でくる石垣をゆるりと歩む婆と行き交ふ

同朋に手をかけガマに自決せる悲惨を思ひ目を閉ぢる真夜

忘るるを救ひと思ふ時あれどガマには今も断末魔の声

米兵の墓地ならびをり海原の波のまにまに故郷を望む

米兵の被爆死告げてその母の涙に寄り添ふ老被爆者のあり

島人の抵抗怖ぢて殺ししを元米兵は悔ゆと語れる

沖縄を彩る花よ今もなほハイビスカスは血の色に咲く

ひび入りの沖縄ガラス罅《ひび》割れし過去の時間を孕《はら》みて光る

沖縄の珊瑚の海に巨星堕つ悲願叶ふること難き世の

沖縄県知事翁長雄志氏逝去　享年六十七

石垣の人まばらなる海原は果ての果てまでまばゆき真夏

ショパンの命日

レコードの針いつまでも同円を回り続けるためらひながら
渦巻の外縁にをりふはふはと浮遊してをり目を見開きて
生きんため演じ続けしこまつ座の辻萬長《つじかずなが》の炎燃え尽く

打ち上げし花火夜空に消えたれば深きしじまに浮かびくる星

いつ時を地上にわれも影をおき微かに光放ち暗転

絶え間なく川面を流れゆく泡の音を立てずに消えてゆきたり

ワルシャワに心臓のみの里帰りショパン生きては土を踏むなく
十月十七日はショパンの命日

凄まじき速度で今も天駆ける銀河の中のわれらは何処へ

百草の勢ひ

好物のイワシを襲ふカツヲ群われは敵《カタキ》のカツヲも喰らふ

掃溜菊《はきだめぎく》と命名されしもなんのその道路の脇に可憐に咲けば

雑草を抜く手が止まるどこまでも繁る勢ひ秋雲高し

百草の勢ひづいて蔓延《はびこ》れどゆめゆめ思はず枯葉剤など
苦と楽にいかほどの差のありやみな大夕焼けの炎に包まれ
枯れ葉剤写真に異形の子らのゐてにんげんといふ業をかなしむ

位置を変へ異形《いぎやう》はわれもと見直せばみな百彩の光を放つ

## バベルの塔

火の玉の上に居住す溶岩の冷えし岩場の割れ目に隠れ

付加体の地層を這ひぬころころころと団子蟲ゆゑ行く先問はず

温暖化地球は当面滅ぶまい王座を誇るにんげん消えても

長き腕宙《そら》の奥より伸びてきてふはり身体を宙吊りにする

うるはしき思ひ出残し離れたし地球滞在終了間近

淋しさはバベルの塔の進行形話せばそれだけわからなくなる

ほんたうのことは無暗に言はぬやうプログラムせよ人型ロボット

森は一つの命

福の字が逆さに張られ「くふ」と読むふく食ふ春の中華飯店

早春の木立の中に佇めば土よりみなぎるいのちのちから

侘助の固き蕾は開き初《そ》む黙せる時を抱きたるまま

雨上がり寒さ一枚剝がれゆくデジャヴの花の季節を迎ふ

梅の花椿のつぼみも開きたり示し合はする言の葉持つや

種蒔きて待ち侘ぶる双葉出でくればはつかくれなゐわが吾《われ》亦《も》紅《かう》

ヘクソカヅラ南天の木に巻き付くはいかなる業《ごふ》によるにやあらむ

どことなく悲しみの色滲ませてミモザの花束愛を託さる

風吹けば鳥も木の葉もざわめきぬ森は一つの命となりて

星のあはひに

嵩張れる封書の中の言ひ訳は蛇行しながらうろたへてをり

メビウスの輪をたどりつつ真相はやがてよぢれておもてに出づる

この世での野心はかなし見上ぐれば星のあはひに奥底しれぬ闇

うすみどり桜ひとつに滲ませて街は花冷え雨降り続く

花冷えに震へつつ聞く荒れ狂ふこの世の悲惨　冬はまた来る

人の世に春来たれども胸底にしんしんしんしんと雪降り積もる

流れ去る時の切れ目に浮きあがり逆流しくる記憶いくつか

「生きとればええこともある」皺の手で吾《あ》を撫でくれし老爺懐かし

やはらかき黄色を抱くうす紅の薔薇のピースに平和を祈る

眉月

嵐去り倒れたる木々その下を澄める水音小川の流る

白紫陽花《しろあぢさゐ》五月雨《さみだれ》に濡れ咲きほこる人影のなき道を照らして

庭一面背丈を越える立葵《たちあふひ》あの日の父母がわれを見守る

眠る子の小さき鼓動が星屑のわれを揺さぶる宙《そら》の果てにて

満天の星を仰ぎて見下ろせば地平にかかる淡き眉月

残り日を数へるならひ夕暮れの地平の先に漆黒の宙《そら》

越後の旅

漆黒の空に黄金《こがね》の雨降りて白雲現る長岡花火

長岡の街に降りたる焼夷弾花火を観つつ思ひ描きぬ

古里を愛せしうたびとここにあり良寛禅師と宮柊二氏と

良寛と囲炉裏に語らふ貞心尼永遠《とは》を寄り添ふブロンズ一対

暗雲を映して海は波立ちぬ影ともつかぬ向かふは佐渡よ

あとは人先は仏にまかせおく　この心境にいづれ至るや

「あとは人先は仏にまかせおくおのが心のうちは極楽」
貞信尼七十五歳の折に詠まれた辞世の歌

## 真白き花火　——長岡幻行

米軍が模擬原爆を落とせるは非戦を唱へし五十六《いそろく》の里

土手畑で模擬原爆は炸裂し犠牲者四人は長岡の民

長岡の大空襲に逃げ惑ふ母の背中で児《ちご》動かずなりぬ

復興ののろしは花火よ　敗戦の長岡市長が声を上げたり

花火なら人を殺《あや》めず歓声と笑顔弾けん長岡の街

鎮魂の真白き花火打ち上がり河川敷には祈る人々

雪深き長岡の冬雪掻きも打ち上げ花火を思ひて耐へむ

長岡に降りしく雪を見上ぐれば真白き花火か散華《さんげ》のごとく

フクシマの復興支援の大花火長生橋《ちやうせいばし》の夜空の上に

花火師の技極まれるフェニックス大空を舞ふ慰霊の翼

今もなほ人を殺める兵器あり大戦悪夢のまだ冷めぬまま

侵略の戦火はいまも燃え上がりドラマ仕立てのニュース流るる

英雄はいらぬ人みな現世での野心を捨ててひとつ野の草

右手上げ左手伸ばす長崎の平和の巨人の目に滲むもの

見上ぐれば夢かうつつか星空の奥の奥にも底しれぬ闇

## チェンバロと　――山田貢氏へ

梢より杉の葉一片ひるがへりひるがへりして夕日映せり

老奏者自ら作りしチェンバロの鍵盤叩きてバッハとなれり

骨張りし冷たき指で奏でたるバッハはわれらをあたたかくする

チェンバロの明るき音に聴き入りぬ目の不自由な双子の姉妹は

忘れえぬ留学の日の思ひ出を語る老師の眼は輝けり

チェンバロの音に魅かれて叩きたるドイツ大使館留学の門

ドイツ語のできぬを言へば音楽に言葉はいらぬと大使諭せり

チェンバロは二段鍵盤と子らは聞き指で確かめ歓声を上ぐ

若きらと山田貢《みつぐ》氏語らへばチェンバロのごと余韻ひろがる

山田貢…チェンバロ奏者・ラウテンクラヴィーア研究家

老いたると若きの出会ひ見守りて鴨志田町《かもしだちやう》の夜は更け行く

# Ⅳ　宙の片隅

## 金魚鉢

晴れた日は巨大な硝子の金魚鉢が裸の地球をすつぽり包む

並びつつパソコン画面で会話する声なきオフィス硝子容器の

たましひがモバイル画面に吸ひ込まれ人が消えゆく帰りの車内

監視用カメラ逃れて野に立てばレンズのやうな月昇りくる

本当はみんな戦《いく》さが好きだから握り締めてる平和の二文字

何はあれ今日も変はらず太陽を周回してゐる地球に乾杯

気まぐれに運と不運は降り注ぐ必需品です不機嫌な傘

さびしいと転ぶ振りなどするなかれ厳寒のなか冬椿咲く

「虐待死」落ち度を不足と言ひ換へて血に酸素なき役人のゐる国

命かけし少女の思ひもババ抜きのババさながらに回しゐる国

成層圏まで脱出したし離るれば青き地球は美《うる》はしき星

水の輪は光となりてひろごりぬ全盲で弾く「月の光」に

わが暗き水面《みなも》に光の走りたりそののち闇は濃さを増しゆく

ひとときも止まらず回る天体の終はりを思ふ　永遠はない

なんでこのアホと思へばこの芝居カーンと終はりの拍子木の鳴る

「緋文字」

緋文字《ひもんじ》のAを纏《まと》ひて姦通の罪を生き抜くヘスター・プリン

初恋の思ひ秘めたる鯛ならんお造りの身は淡き桃色

嫉妬ゆゑつましき森番狂乱す　精霊ウィリーに処刑されしよ

ポイ捨てのごみを拾ひて恙《つつが》なく日々の暮らしのゴミ出し終へる

小《ち》さき頃のおとな嫌ひは消えずありマトリョーシカを次々と剝ぐ

永遠を奏でる曲のあらんやと夜ごと漕《こ》ぎだす星空の海

月光の淡き森にてけものらがわれの眠りをやさしく喰らふ

生き生きて身はほろほろと崩れゆくあとに残れる骨の哀しみ

絶え間なく昏き宙《そら》より雪が降り心の底に積もりて根雪

鬼子母神

我が命児らが命と唱へつつ鬼子母《きしも》は涙流して喰らふ

喰らはれし数多《あまた》の子らの亡霊に素知らぬふりの鬼子母神《きしもじん》　ああ

つつきあふ仲良しメジロいつの間に嘴《くち》は血まみれ愛とはなんぞ

どれほどの苦しみをもて死にゆくや親に命を奪はれ少女は
どれほどの絶望をもて死にゆくや不正の濡れ衣着せられし人は
悲しみも哀れも枝に抱きつつ一本の樹は空を突き上ぐ

ダイニング・ダイイング

嘴《くちばし》は成形せぬまま終はりたり殻割る卵のやはらかき黄身

何回も殺されてまた蘇る物語の中　父ライオスも

身の内で色も匂ひも変はりつつ君が放さぬ愛といふもの

待つことの寄り添ふことの難しく我執眠らす術《すべ》得ぬ儘《まま》に

生煮えの肉塊犇《ひし》めくなべ底に殺意沸々発熱したり

薄《うす》ら氷《ひ》の広ごるやうな微笑みに心の裡《うち》は閉ぢられてゆく

十階のベランダに立つ少年の背後に真白きダイニング・キッチン

ダイイング・メッセージなき食卓に玻璃戸《はりど》を通り朝陽射し入る

人恋ふる思ひあふれて見上ぐれば星は満天瞬きてをり

## 一隅

太陽の攻撃を受け灼熱の砂漠の上の街に立ちをり

土深く化石燃料眠るとふ草一つなき地をゆくベドウィン

黄金《きん》色の液埋もれたる豊饒の砂漠の国の戦禍は絶えず

一隅を照らし命の水を引く白百合の人アフガンに消ゆ

中村哲氏を偲ぶ

人の世の命の軽重嘆きつつ息を殺せば静か陽は落つ

筋雲のながあく伸びて大空を左右に切り裂き雲龍あらはる

## アプレゲール（戦後派）

わが世代アプレゲールと呼ばれしが情報戦争戦中派なり

わが世代戦後生まれといふことが特権でした　もう期限切れ

八月は六日九日十五日　列島いつぱいあの日の青空

原子力潜水艦も原発も驕《おご》り極むるイカロスが夢

廃絶を言はず終はりぬ広島の原爆の日の首相の式辞

うつくしき時代を生きぬ徴兵も原爆投下も飢ゑもなく過ぎ

国を挙げ行ふ儀式の危ふさよひとり静かに看取る落葉

街中にぶら下がりをり百房の黒き葡萄と迷彩兜

終末を告ぐる時計の針動き生まるる以前の無明に向かふ

幾万の黒き葡萄が空を埋め地上にいちめん影となりゆく

地上に花を

うず高く電子マネーは積まれゐるコインの影武者天下を取りて

殺し合ひ分かち合ひまでＡＩのコントロール下　この先の世は

商ひの末に我らの命すら取引のたね　地上に花を

カタストロフィ頭の上を通り過ぐもはや皆巻き込まれゐるかも

実感は意外なほどに降りてこず夢遊病なる当事者意識

平和とは小さき犠牲を見ざること息を殺せば静かに陽は落つ

戦争を厭ふ話題の朝餉《あさげ》後にわが殺生を流す水洗

聞き語り昔話のはずでした　世界戦争リアルな戦慄

イルカ一族

ノーチラス号ネモの潜りし深海の静寂《しじま》を泳ぐ怪魚とゐたり

およおよとおよぐあまたの深海魚ひかりとどかぬ人知れぬうみ

猛毒の蛸とオコゼの棲む海をサンゴの死骸がひっそり眠る

生まれては消ゆる営み海深く大王烏賊《だいわういか》の眼は炯々《けいけい》と開《あ》く

着陸と着水違へ海に棲むイルカ一族武器など持たぬ

息絶えしイルカは眠る海の底はるか静寂《しじま》に星は瞬く

プロキシマ・ケンタウリ

究極の愛玩猫が作られるＡＩロボは会話もできる

人間をさらに消臭してゆけば目指す理想は人型ロボット

この地球《ほし》の消滅したる後のためプロキシマ・ケンタウリへ飛ばす宇宙凧

移住せよ「かぐや」の見つけし月面の下に広がる溶岩チューブ

初めにひかりありきと言ひし神いづこの星より舞ひ降りたるや

空の果てぽかと底《そこひ》の開きをり地球まるごとはらみて破水

陸地消え青くきらめく海ばかりやがて地球はさうなるのやら

宙の片隅

ラニアケア　「無限の天空」とハワイ語で命名されし超銀河団

天の川銀河＜おとめ座超銀河団＜巨大ラニアケア超銀河団

＜＝小なり記号

十万の銀河集まるラニアケア　五億光年に拡ごるといふ

パラボラのアンテナ開きわが心二億光年の宇宙に向ける

われらみなラニアケアの住人と神を信ずる如く信ずる

太陽の燃えればわれわれも燃ゆ宙《そら》の片隅にあり素粒子なれど

宇宙では小《ち》さき光の粒われら海月《くらげ》も林檎も浮遊してをり

目に見えぬ力にぐんぐん伸ばされて宇宙速度の幼《をさな》の成長

高速の宇宙時間で幼子の行く末思へば　祈りてをりぬ

数十億の星が集まる重力場グレート・アトラクターとはあの世のことか

人恋しと思ふ心を解き放ち三十七兆細胞大気にばらまく

滅ぶもの何もいとほし車座に集ひて歌を詠みあふひと日

遥かより呼ぶ声のする気配して宙《そら》をみつめるモアイのごとく

解説

# 生きものの命をパルティータの調べで宙《そら》の片隅から発信する人

## ――福田淑子歌集『パルティータの宙《そら》』に寄せて

鈴木比佐雄

1

福田淑子氏は二〇一六年に第一歌集『ショパンの孤独』を刊行した。そのタイトルの言葉が含まれている短歌《エチュードに太古の風の吹きすさぶ立ち上がりくるショパンの孤独》などは、歌人の間だけでなく一般の人びとから多くの反響があった。例えばＮＨＫラジオ深夜便に出演しそれらの短歌十数首ほどを福田氏が朗読すると、数多くの人びとから出版社に直接注文があり、書店やアマゾンにもこの歌集を求めたいという人びとが現れ、その結果として版を重ねることになった。たぶん福田氏の短歌の調べは多くの人びとの感受性の中に自然に忍び込み、忘れていたしなやかな感受性の働きを促すのだろう。『ショパンの孤独』の《迷ひ子のわれを見下ろす立ち葵　幼き記憶の色そのままに》や《グールドのピアノ骨身に沁みわたりわが三十七兆細胞浄化す》などの短歌は、今再読しても決して色あせることなく、「迷い子」である幼い少女の記憶が反復されて、立ち葵から見詰められるようだ。そしてグールドの弾くバッハのピアノ変奏曲に憧れるように、福田氏は自らの歌の調べに多くの人びとの三十七兆細胞を浄化しうることを願って詠っているのだろう。

そのような福田氏は七年ぶりに第二歌集『パルティータの宙《そら》』を刊行した。バッハの「無伴奏ヴァイオリン・ソナタとパルティータ」という有名な曲があり、私も時々聴いているのだが、一般的には「ソナタ」が四曲の楽章からなるフォーマルで荘厳な曲であるのに対して、「パルティータ」は、五、七、八曲などの舞曲から出来ていてカジュアルで自由な作曲家の内面が表現されている。この曲を完成した一七二〇年頃に、バッハは妻を失くしたと言われる。その深い悲壮感や別れがたい鎮魂の思いがこの曲に宿っていて、多くの人びとに感動を与え続けているのだろう。その意味で「パルティータ」は、古典派の形式を踏襲しながらも、ソナタ形式を踏み越えていく内面の深い心情や自由を促し、多様性に富んでいると感じられる。福田氏が新歌集に「パルティータ」という「組曲」の別名である用語を使用したのも、伴侶を失くしたバッハのように、身近な大切な人や恩師などを喪失した精神状態があったのだろう。ショパンはバッハの音楽から多くを学んだと言われている。ショパンとバッハをつなぐものとして「パルティータ」が存在しているのかも知れない。そんな「パルティータの宙《そら》」は何を意味しているのか。その謎がきっと歌集を読むことによって明らかになるのだろう。

## 2

新歌集は「Ⅰ　パルティータの波」、「Ⅱ　ホーキングの魂」、「Ⅲ　無心の時間」、「Ⅳ　宙の片隅」の四章に分かれる。

「Ⅰ　パルティータの波」は十二の小タイトルに分かれてそれぞれ十数首前後の短歌が収録されている。初めの「燃ゆる少女」の二番目の短歌は《思ひ出のはぎれを集め無難なるパッチワークに来し方を縫ふ》を読むと、「思ひ出のはぎれ」という印象的な言葉に驚かされる。過去の記憶は自らの衣服の一部であり、「来し方」を振り返ることは、心に刻まれた記憶の中でも忘れがたい経験や知見を集めていくことになる。様々な記憶が想起されてくることは慈しんできたはぎれをパッチワークし縫い付けていく行為に近く、現在の精神世界の見取り図に類似していると福田氏は物語る。「思ひ出のはぎれ」や「来し方を縫ふ」という表現は、福田氏が冷静に、生きてきた時間を現在から絶えず反復して、未来にその経験をつなげていこうとする、短歌・評論の表現者であるゆえの創造的な隠喩であると思われる。その後に場面転換するように出てくる三首を引用する。

御真影燃やす映像何を問ふ「やめろ！」と叫ぶ元兵士ゐて
原爆下燃ゆる少女の映像に元老兵士は何を思ふや
生くるものの命に軽重あるならば問ふあの世にも優劣あるや

これら三首によって福田氏は、二〇一九年に社会問題となった「表現の不自由」という問題の本質を自らの社会詠として記している。国際芸術祭「あいちトリエンナーレ２０１９」の「表現の不自由展・その後」が、「撤去しなければガソリン携行缶を持って行き会場を燃やす」という強迫によって、三日間で中止に追い込まれた。問題になった昭和天皇の写真を使ったコラージュ作品が燃える映像作品、慰安婦を象徴する《平和の少女像》などの作品には、一人ひとりの命の価値は平等であり、天皇陛下の「御真影」だけの神格化を批判したり、慰安婦であった少女を忘れないで後世に伝えたい思いが込められている。しかし元兵士たちの「御真影」への思いを忖度する者たちは、かつて現人神であった「御真影」の存在者と原爆下で焼き殺された少女や慰安婦にされた少女たちの命の重さが異なると考えているのではないかと、福田氏は本質的な問題提起をしている。アーティストたちの表現の自由や問題提起をする表現行為が、言論の批評においてされるのであれば問題はない。しかし福田氏はテロ行為を予告することによって表現の場を抹殺することが、「御真影」という偶像崇拝を強要し、一人ひとりの「命に軽重」があることを認めさせようとしていると危惧しているのだ。さらに不条理なこの社会にあっても、無差別殺戮や戦時下で傷ついた人びとの名誉を回復する後世のアーティストたちの権利や、福田氏のように「あの世にも優劣あるや」と、生きものたち命の平等を根幹に据える信条を主張することの「表現の自由」は消えてはならないと語っている。福田氏の今回の歌集の大きなテーマはその意味で「生きるものの命」の存在を問うことなのであり、「宙《そら》」の果ての死者たちから問われているのだと語っているようだ。

Ⅰの二番目の小タイトル「夜明けの夢」の短歌《過去現世夢の記憶はつながりて時間はきつと円環してゐる》では、過去現在から続く「夜明けの夢」が「思い出のはぎれ」となって想起された時に、「時間」が「円環」している構造を持っていることに気付いてしまったようだ。これはある意味で死後も命が生まれ変わる「命の循環」のような東洋的な自然観なのだろう。

Ⅰの三番目には「パルティータの波　――加賀乙彦特集に寄せて」という前書きのある十首が収録されている。その中の短歌《亡き人も残されし人もないまぜに無伴奏パルティータの波が呑み込む》では、死者と生者を繋ぐものとしてパルティータの波が存在していることを告げている。無伴奏のヴァイオリンやパイプオルガンの波が押し寄せてくる際に、死者と生者は懐かしく語り合うのだろう。かつて加賀乙彦氏の自宅で企画した本の打ち合わせをする際に、福田氏が加賀氏を敬愛していたこともあり、何度か同席してもらったことがある。打ち合わせ後に加賀氏は自分の好きなバッハの曲をかけてくれ、それを聞きながら私たちは加賀氏の思想哲学、宗教観、作品への思いを質問したことがあった。福田氏はその時のことを十首に残したのだ。最後の短歌《陽の光うつろひゆきて波の間の底ひにひそむ永遠《とは》なる都》には、加賀氏の代表作である『永遠の都』が詠み込まれている。福田氏は、海軍少年兵となり戦争の悲劇を体験し、戦後は死刑囚の監獄医となりその実態を知りそのことを論文や小説に記し、死刑廃止論を生涯にわたり論じたクリスチャンの加賀氏との対話を続けているのだろう。

Ⅱ章「ホーキングの魂」の短歌では、《ホーキングの魂つひに飛び立ちぬいづこの星に移住したるや》と、「ホーキングの魂」が宇宙に居場所を見つけて根付いていることを夢想する。

Ⅲ章「無心の時間」の短歌では、《神妙に子は茶筅《ちやせん》振る柔らかな緑泡立つ無心の時間》と、茶を点てる子の一期一会の時間が「無心の時間」を甦らせてくれる。

Ⅳ章「宙の片隅」の短歌では、《太陽の燃えればわれも燃ゆ宙《そら》の片隅にあり素粒子なれど》と、「パルティータの波」でもある太陽光が「宙《そら》の片隅」に住んでいるわれの細胞に届き、われを生かしめている感謝を告げているかのようだ。

福田氏の短歌は、「ショパンの孤独」から出発して「パルティータの宙《そら》」に展開してきた。それはあたかも「生きものの命」を「パルティータ」の調べで宙《そら》の片隅から愛する人の住む宇宙の果てへ発信しているかのようだ。

# あとがき

天職が音楽家だったらどんなに良かっただろう。物心ついたころから、ラジオやLPレコードから流れてくるさまざまな音楽を耳にして、「世界はきっと美しい」とどこかで確信しつづけて今日に至る。しかし、この年まで生き永らえ、いまだに「What a wonderful world!」というルイ・アームストロングの歌のフレーズに共感できることに感謝しよう。

長く生きていればいろいろなことがある。思うようにならないこと、辛い別れ、人の世の軋轢、己の愚かさ、理不尽なこと、不条理なこと、しかし、人と人のつながりが確信できるのは、いつも同じ音楽を聴いて感動できる人々がいるということだった。バッハやベートーベン、モーツアルトには力をもらい慰められたし、ドヴォルザーク、ブラームス、マーラー、ラフマニノフらには勇気づけられた。いつでもどこでも一人ではないと思わせてくれた音楽と音楽家に感謝する。

しかし、私の内にあふれてくる思いや感情をどうしようか。音楽で表現する才は残念だが与えられなかったようで、日々泡のように膨れあがり湧きあがる思いは手近な言葉で表すしかない。また、言葉でしか表現できないこともある。ありがたいことに、病床に長くいた折に、手持無沙汰の中で、村永大和氏の短歌評に出会い、さらに齋藤史の短歌に出会い、また大西民子の短歌に出会った。それが私の短歌という作曲法の始まりである。

以来、歌友を得て二十数年、「現代短歌　舟の会」では、短歌特有の些末な縛りを超えて豪放磊落に詠うことを支援してくれる依田仁美氏のもとに、様々な結社に所属する、またはフリーで詠う歌人たちと出会い、多くの刺激や示唆をいただいている。また、たった三十一文字の中に「思い」を舌足らずに詰め込んでも言いたいことが伝わらないこともある。さらに、歌人・桑原正紀氏から、歌のリズムの中に無理なく「思い」を織り込む、いわば短歌の作曲法というようなもののご指導を受ける機会を得た。以来、コスモス短歌会武蔵野支部の歌会に参加し、そこでの忌憚のないやりとりによって、ますます歌を詠むことが面白くなってきたところである。日々学びつつ、さらにさらに短歌の表現に可能性を求めていきたい。日本の文化が手に入れた短歌表現の魅力は五七五七七のリズムの美しさ、力強さだが、その韻律の内包する力ははかりしれない。ショパンやドビュッシーのように心の映像を歌い上げることは難しいことだろうか。

表題の「パルティータの宙《そら》」はバッハのパルティータの曲へのオマージュである。バッハの組曲パルティータはそれまでの様式から多様性を追求した楽曲の編成になっているという。私たちの時代も地上を支配している上下の重力条件から自由に、のびやかに宙に拡がっていく歌を詠もうとの思いを込めたものである。

最後に解説の鈴木比佐雄氏、編集の座馬寛彦氏、カバーの絵をご紹介くださった「板倉鼎・須美子の画業を伝える会」会長・水谷嘉弘氏、絵の写真をご提供くださった松戸市教育委員会、大扉の絵をご提供いただいた版画家・持田翼氏には格別に感謝を申し上げたい。

二〇二三年十月吉日

福田淑子

著者略歴

福田淑子（ふくだ　よしこ）

1950 年東京都生まれ

［文芸活動］
短歌誌「まろにゑ」、現代短歌［舟の会］、コスモス短歌会（現在休会中）、俳句誌「花林花」、俳句誌「架け橋」他
歌集『ショパンの孤独』『パルティータの宙《そら》』、評論集『文学は教育を変えられるか』（全てコールサック社）他

現住所　〒 165-0032　東京都中野区鷺宮 4-19-1

歌集　パルティータの宙《そら》

2023 年 12 月 25 日初版発行
著　者　福田淑子
編　集　座馬寛彦
発行者　鈴木比佐雄
発行所　株式会社 コールサック社
〒 173-0004　東京都板橋区板橋 2-63-4-209
電話 03-5944-3258　FAX 03-5944-3238
suzuki@coal-sack.com　http://www.coal-sack.com
郵便振替　00180-4-741802
印刷管理　（株）コールサック社　製作部

＊カバー装画　板倉鼎　＊扉絵　持田翼　＊装幀　松本奈央

落丁本・乱丁本はお取り替えいたします。
ISBN978-4-86435-596-4　C0092　¥2000E